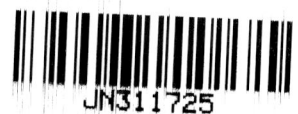

石川　透編

室町物語影印叢刊 39

さゞれ石

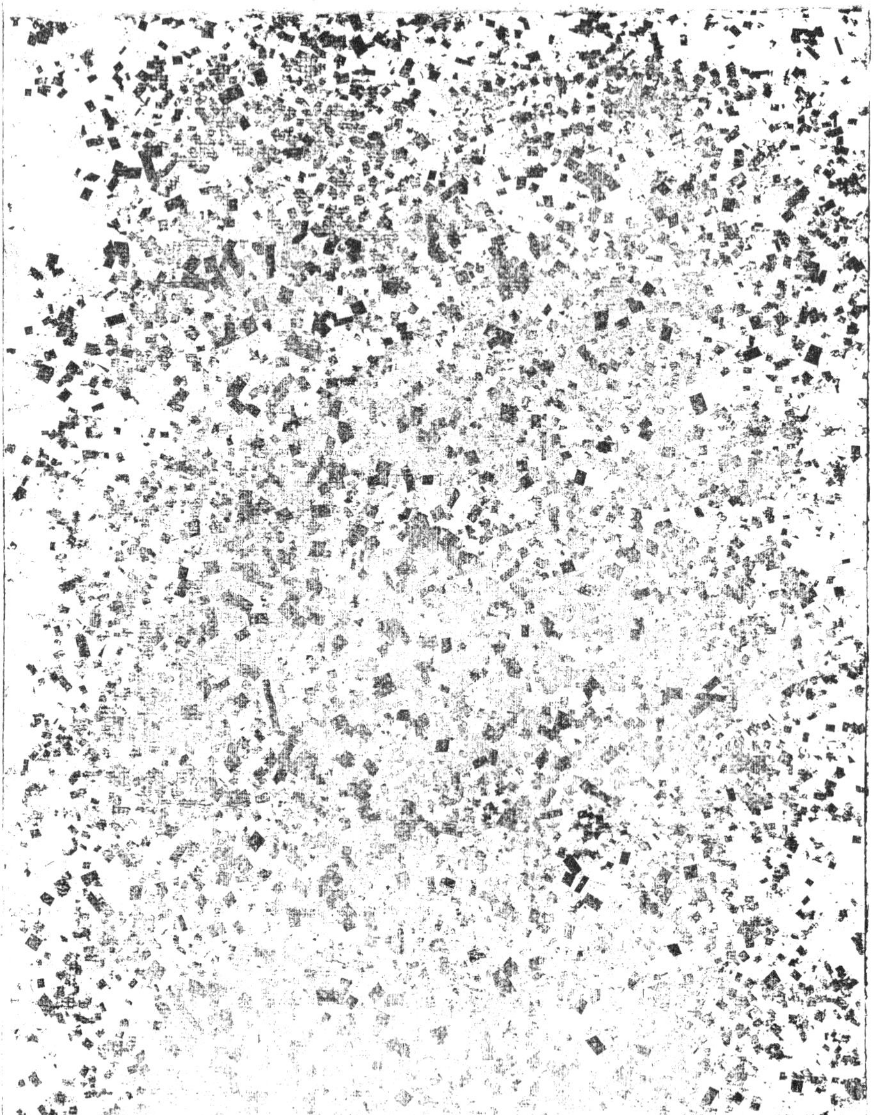

じんむてんわうより十六代
のみかどをばにんとくてん
わうとぞ申たてまつりける
この御代をかぎりなく御
てたくましくわうこゝろみを
あんをすまてちかよりゆきて
うしきしくはたれをき
をさうつとをしあさり
かくりこうみかとりにかく
こあてこの御代やう十八人
のこほしまうつ給はらふ
十八人あまりあまらせ
てかくしましかうたすと
ようこうれものをましたら

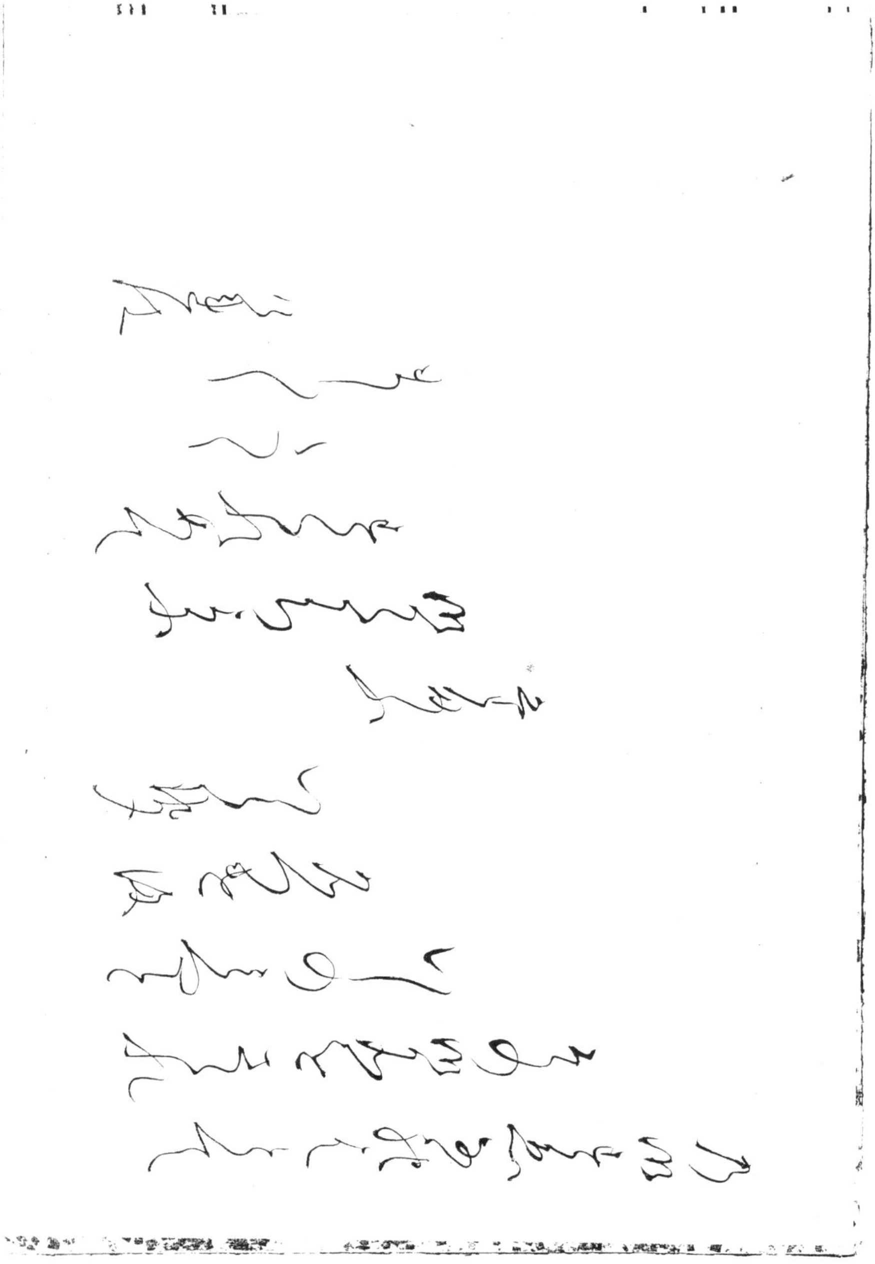

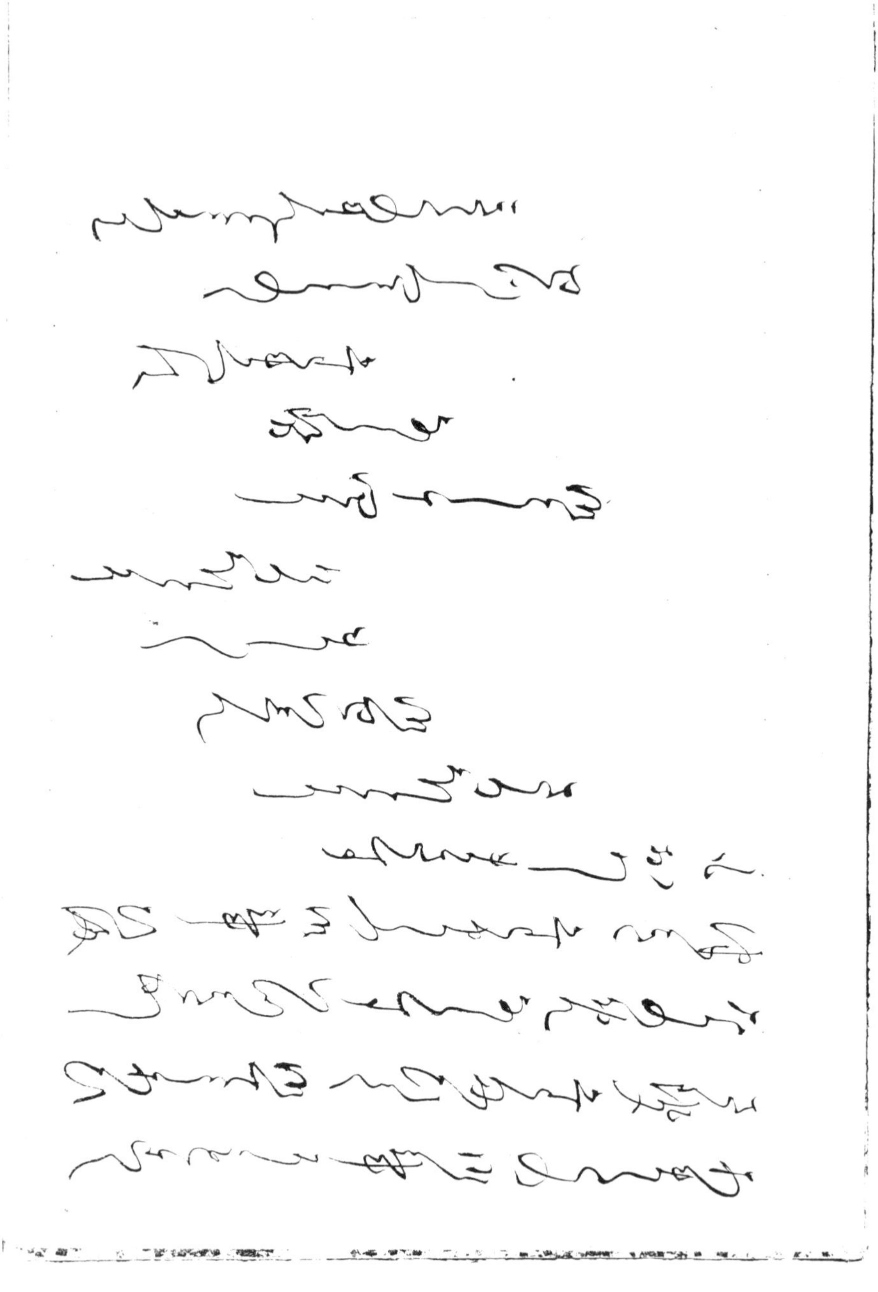

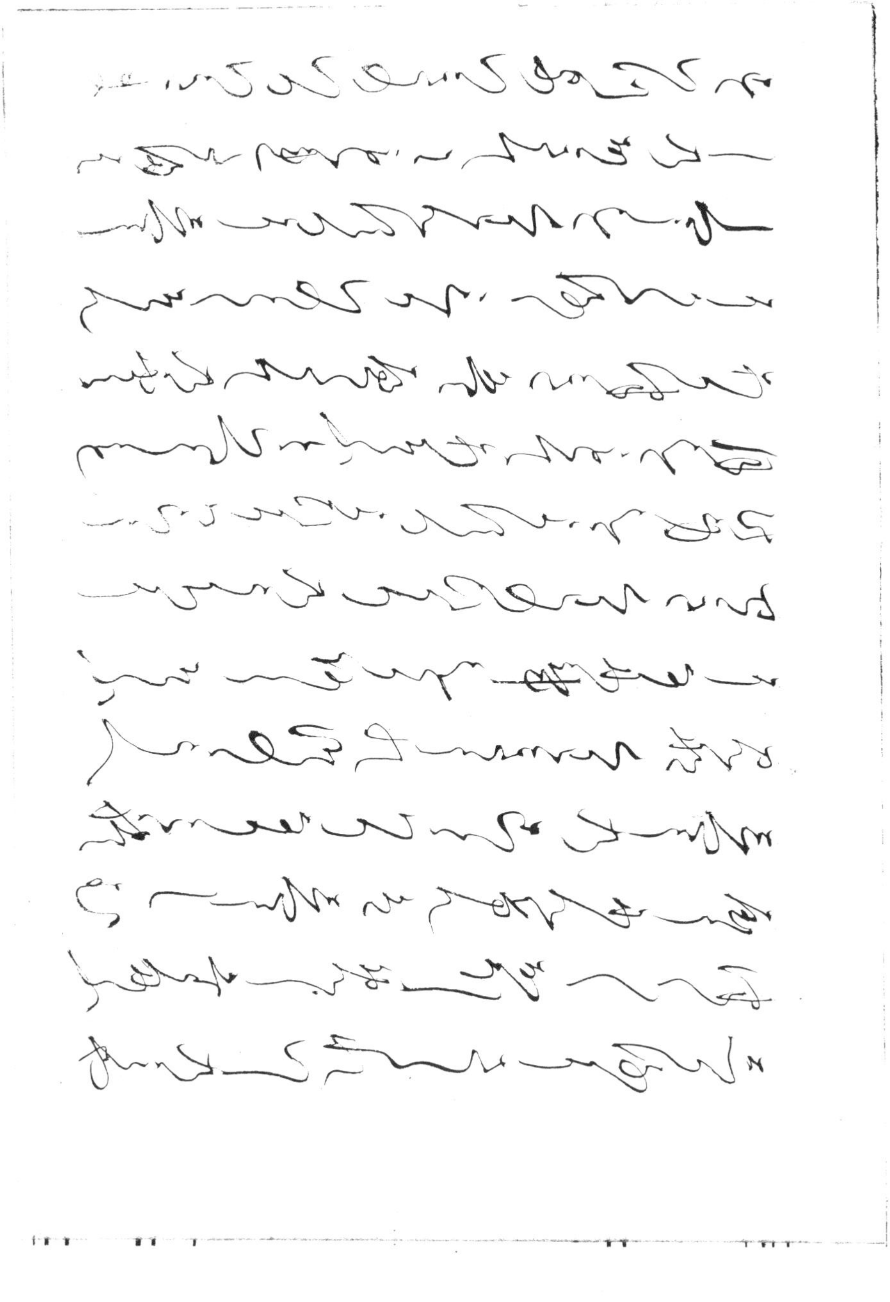

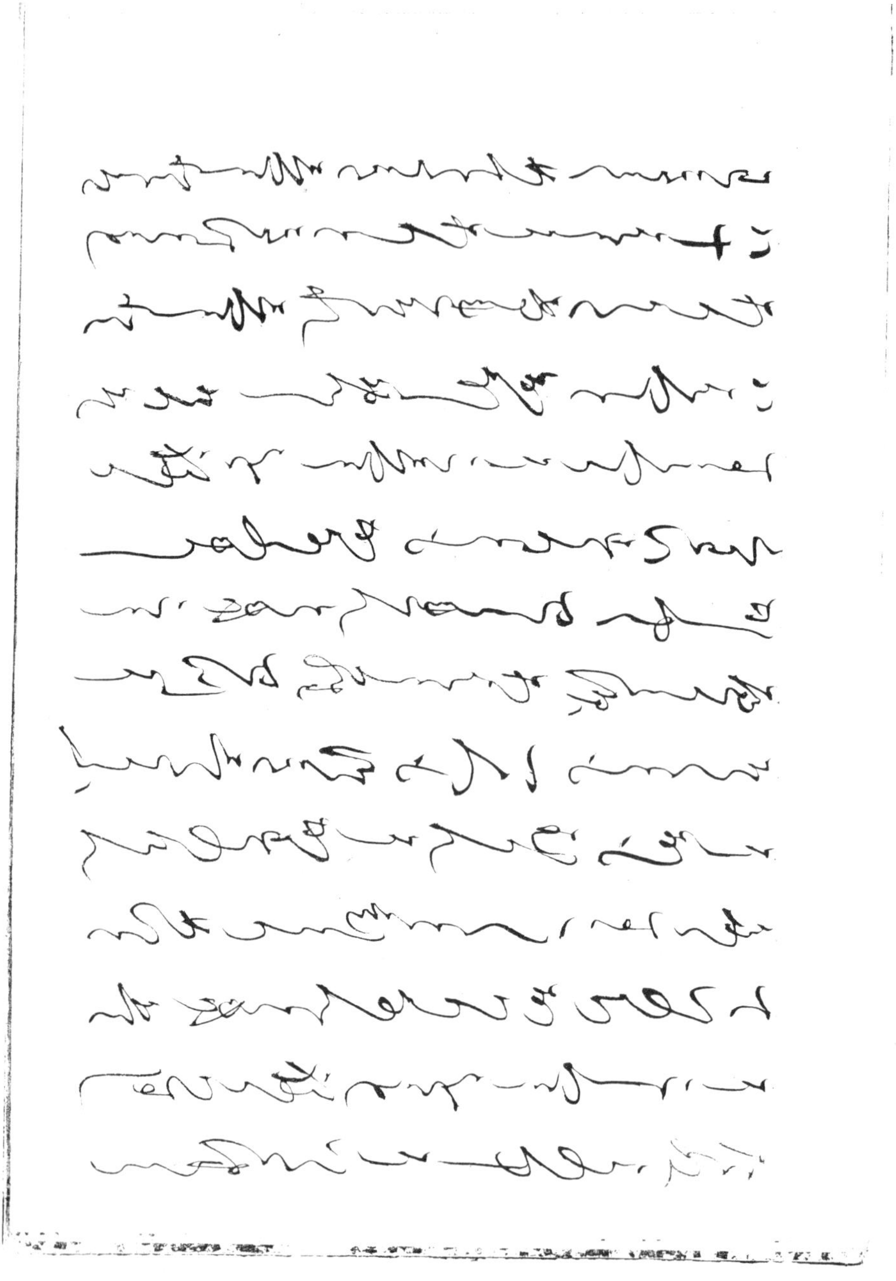

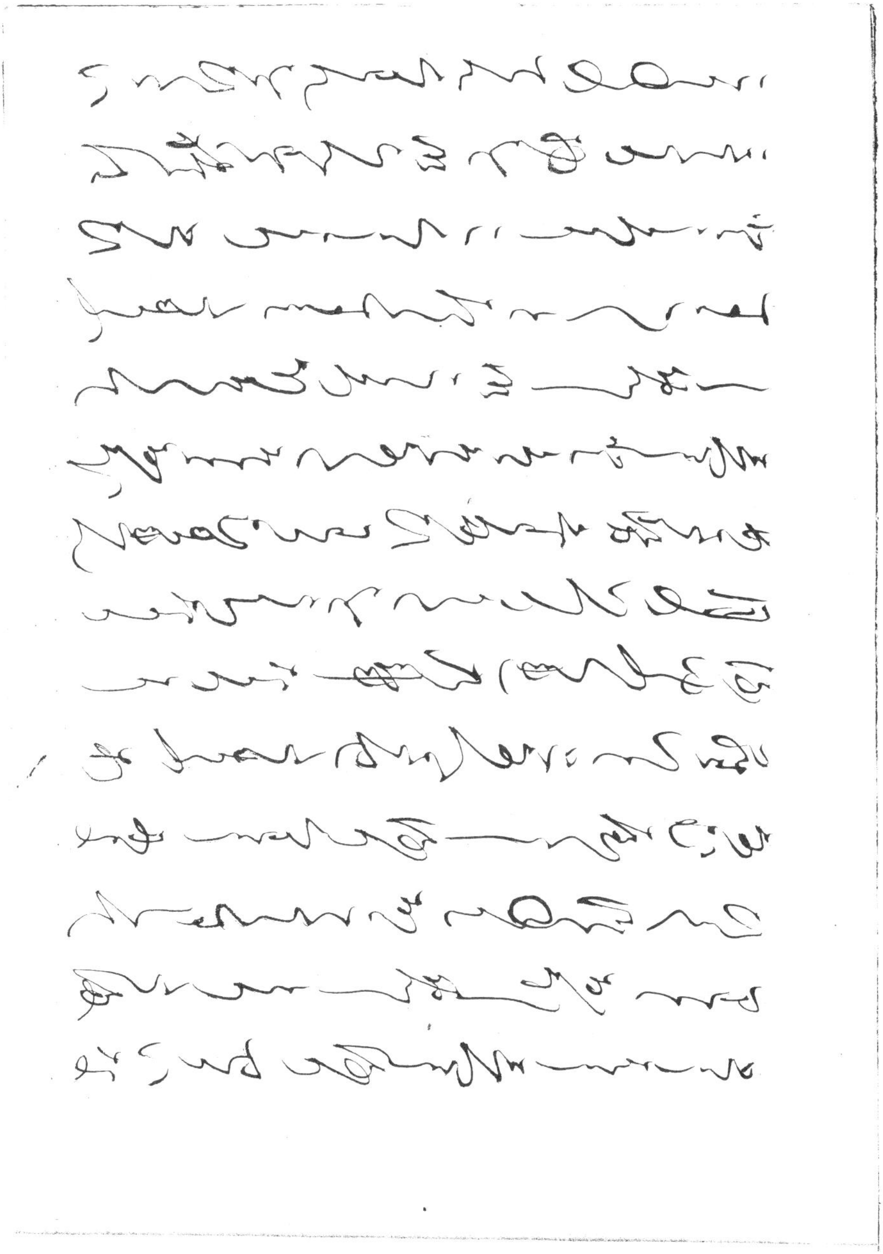

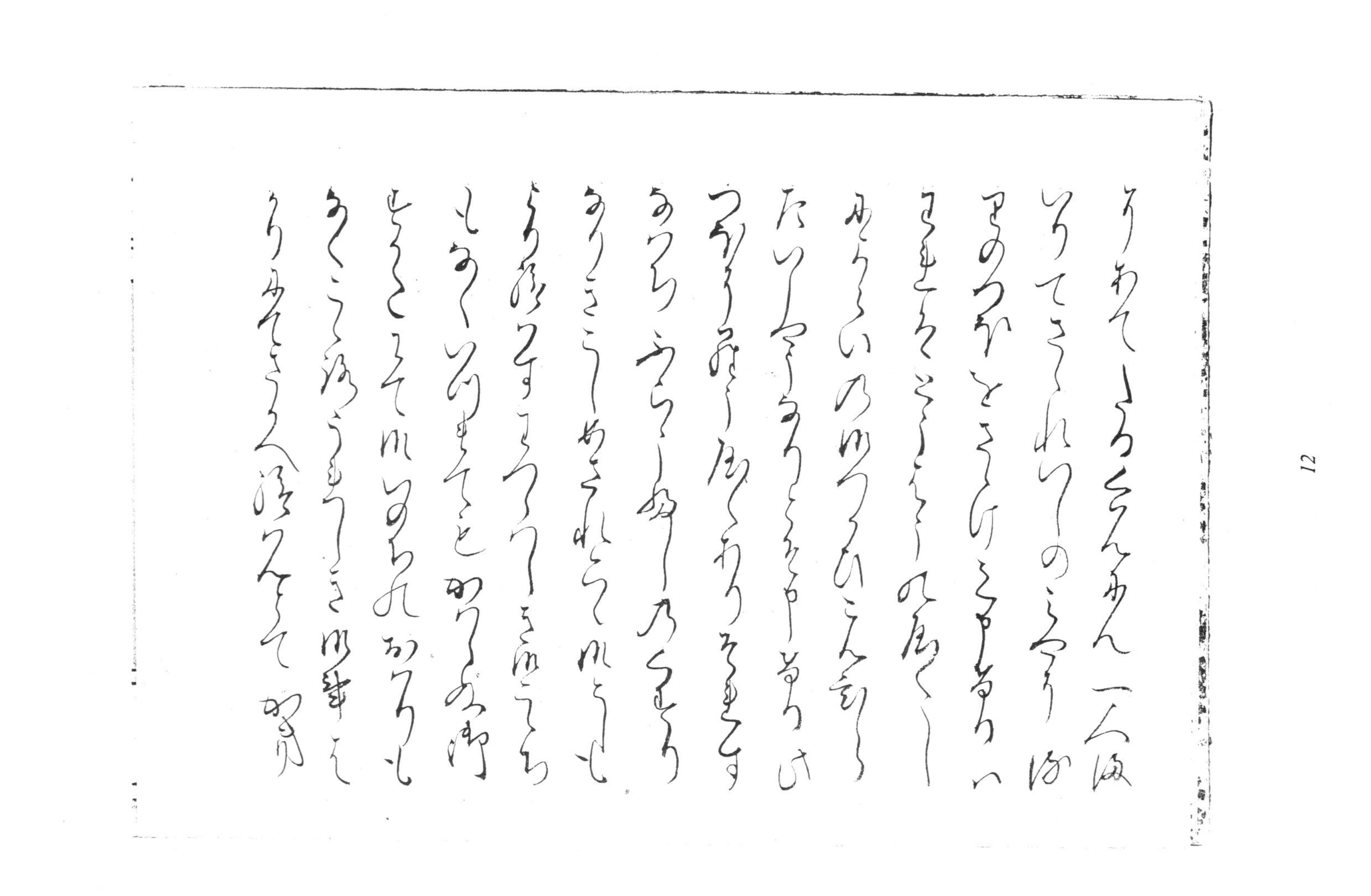

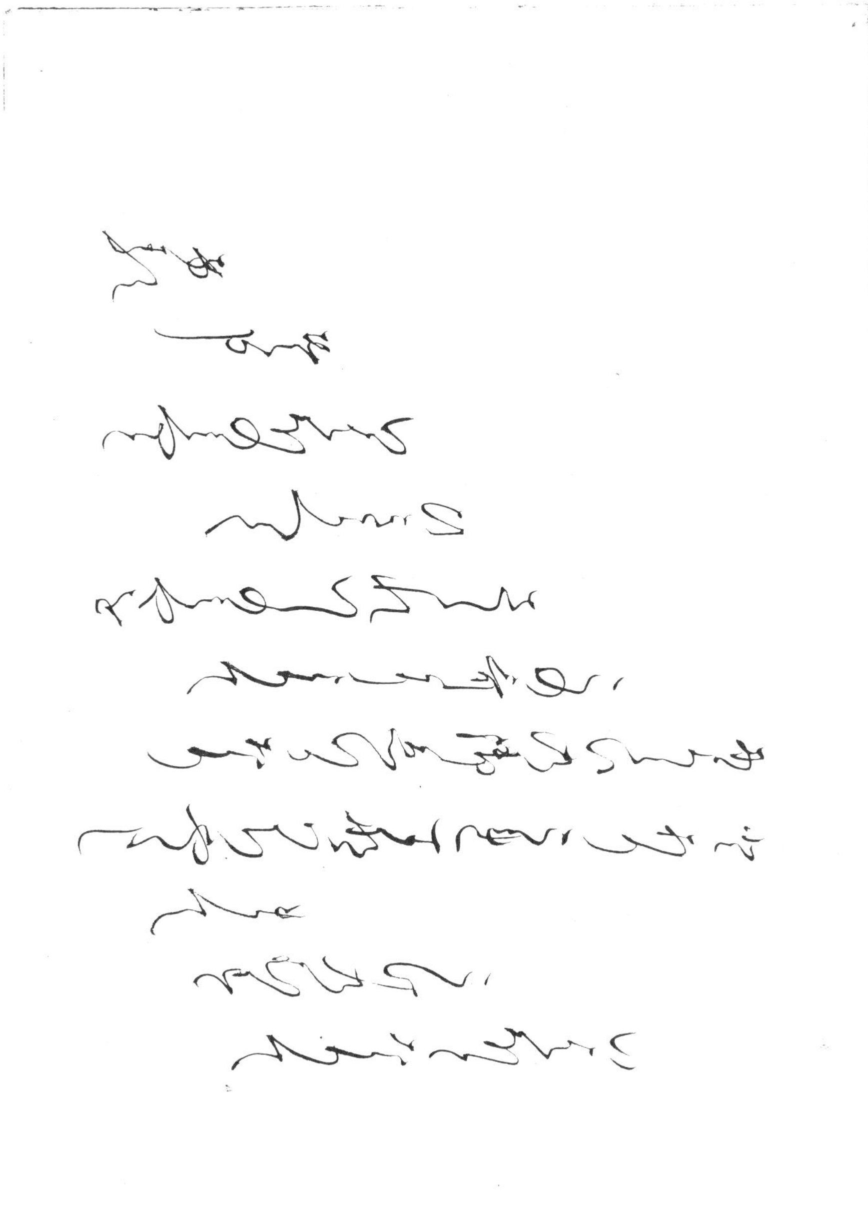

ゆくそのころに月ゆきく
あきそゆふかしくり いろくぬ
ろうるし こ争とるく 玄月
ころのれたくくそろいうえに
かくり なまふれつられなり
をつくう皆なまふ御争
まつく百よくくいあり
せいしてんわうし
ちやうわひてんわうし
えんこうてんわうし
おうえんてんわうし
みんくてんわうし
あちしてんわうし
こんないてんわうし

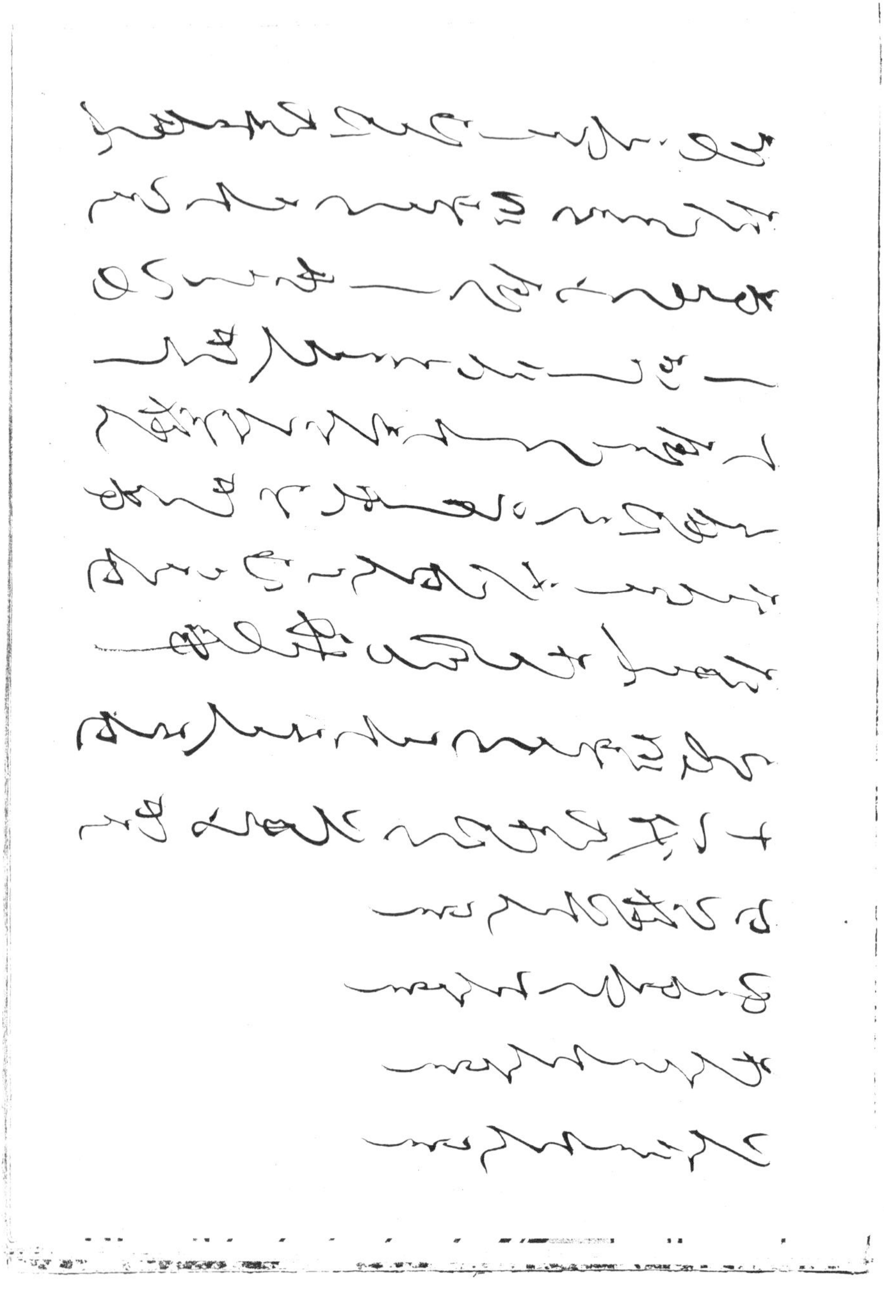

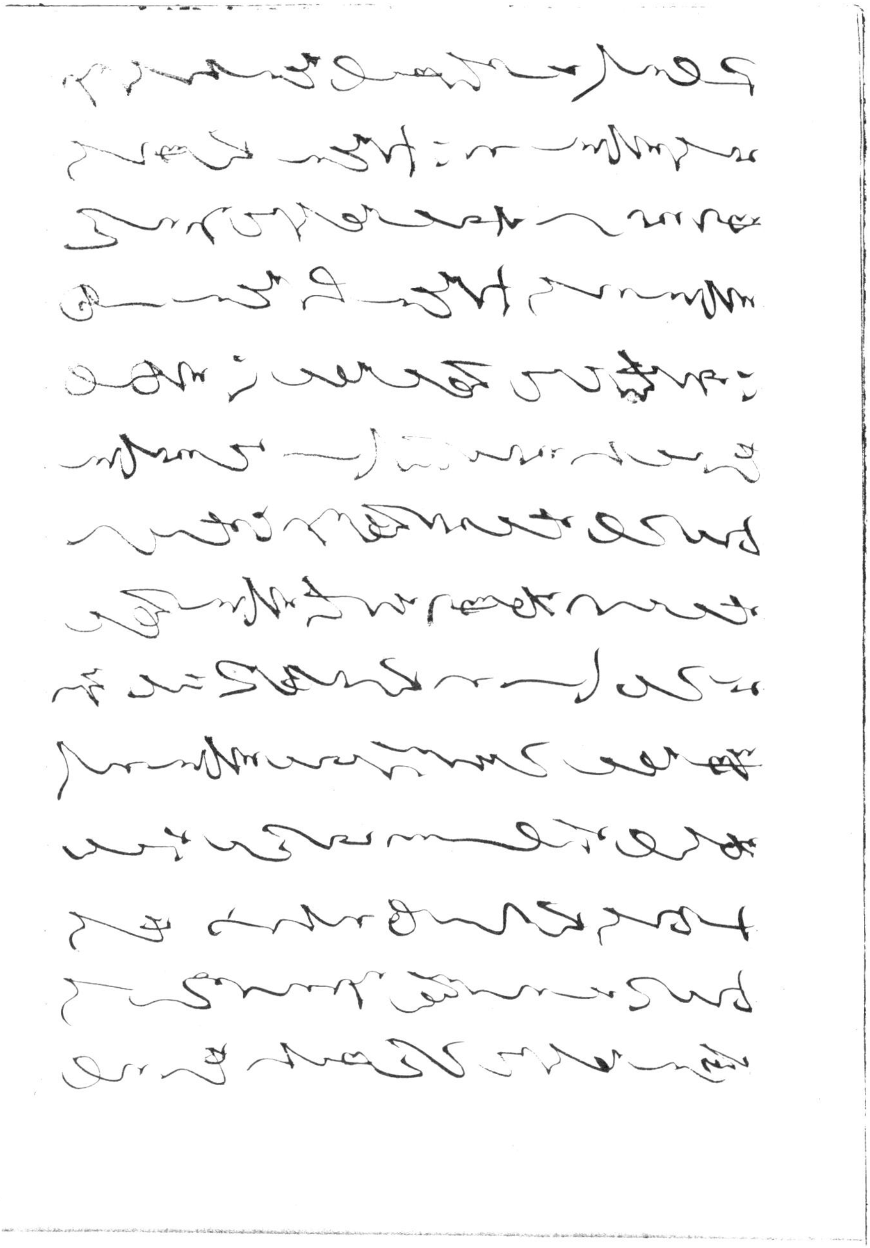

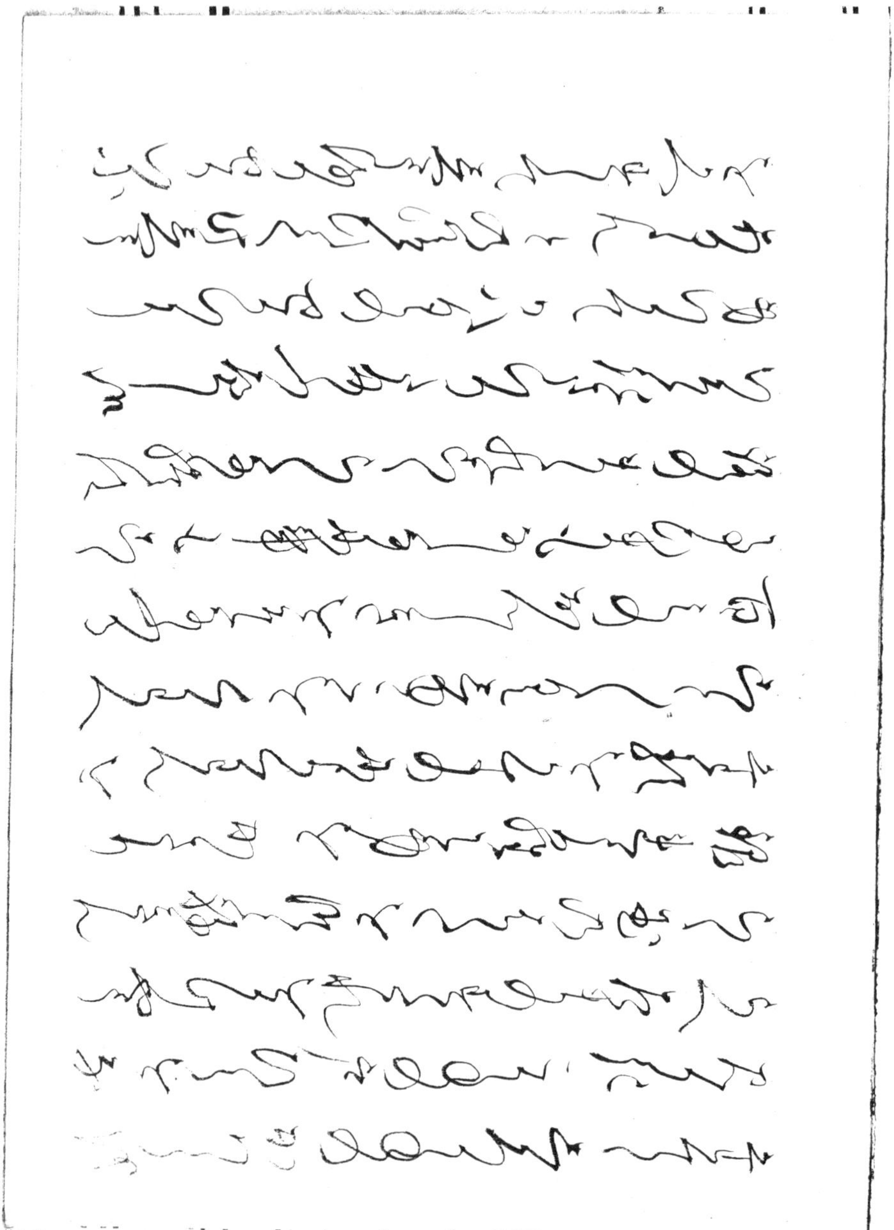

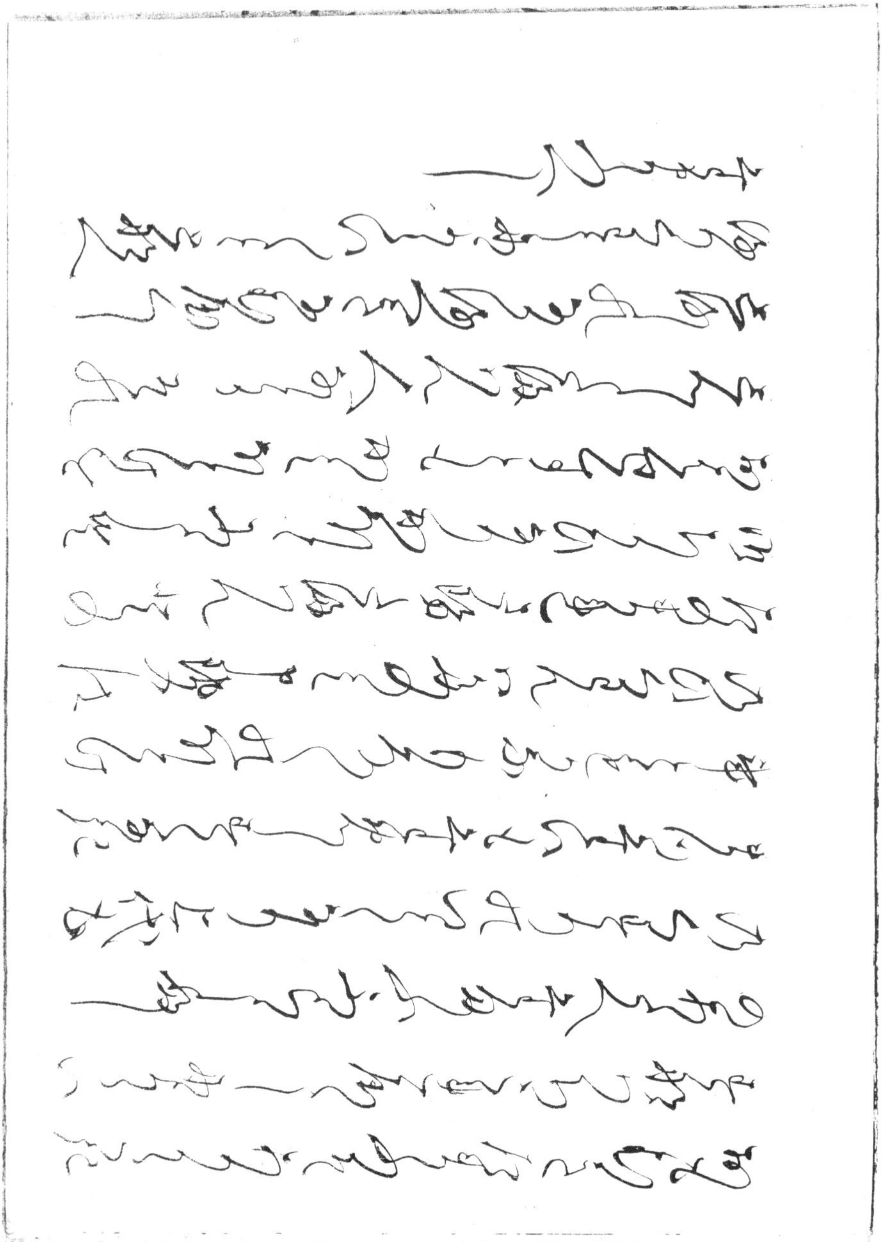

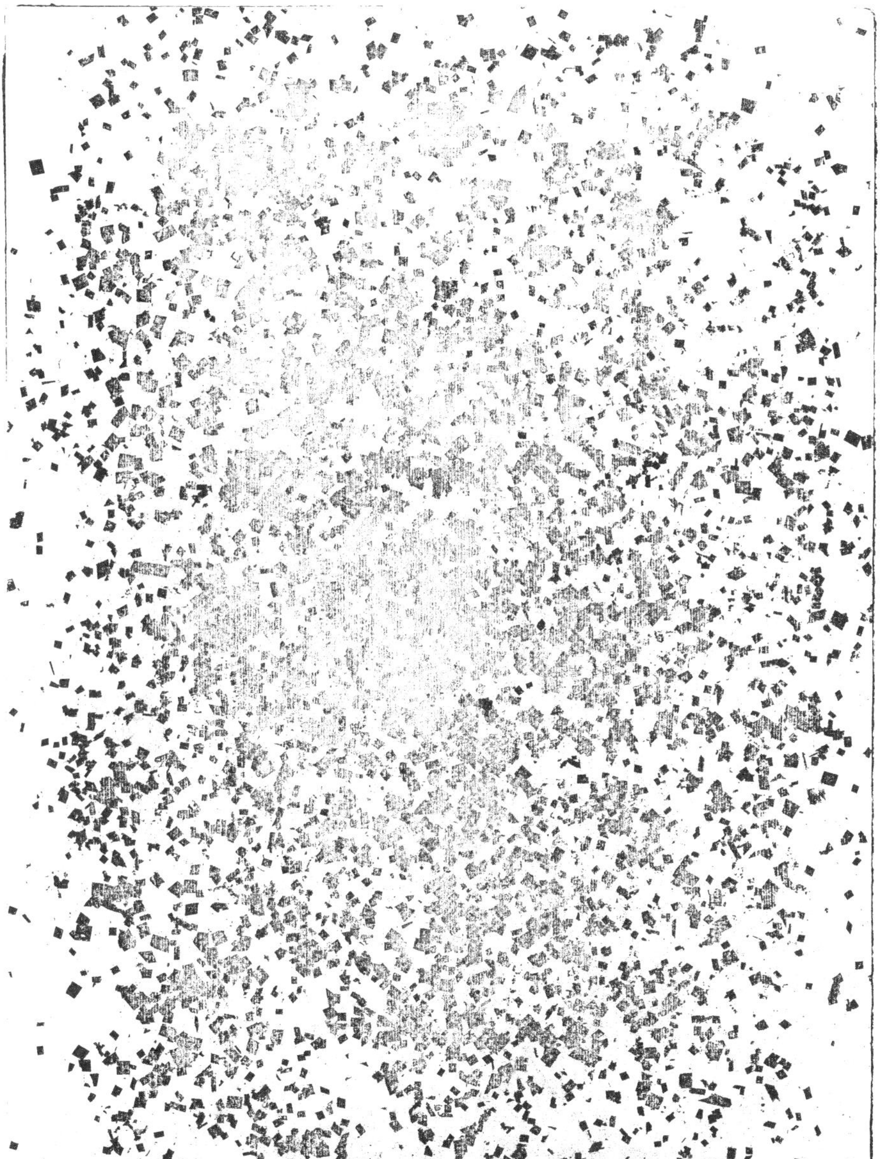

解題

『さざれ石』は、室町物語の中では、目出度い話を中心とする祝儀物に属する作品である。伝本の中には、『鶴亀松竹』の一部として仕立てられたものもある。簡単な内容は以下の通り。

成務天皇の末娘さざれ石の宮は、薬師如来を信仰していた。ある時、薬師如来の使いである金比羅大将が、さざれ石の宮に、不老不死の薬を授けた。薬をなめると、八百歳を生き、やがて、薬師如来により、東方浄瑠璃世界へと連れて行かれた。

なお、『さざれ石』の伝本は、御伽文庫本が知られているが、奈良絵本は珍しい。

以下に、本書の書誌を簡単に記す。

所蔵、架蔵
形態、奈良絵本、一冊
時代、［江戸前中期］写
寸法、縦一六・四糎、横二三・八糎
表紙、紺色地金泥模様表紙
外題、左上題簽「さゝれいし」

見返、銀切箔散布目紙
内題、なし
料紙、間似合紙
行数、半葉一四行
字高、約一三・二糎

室町物語影印叢刊39

さざれ石

定価は表紙に表示しています。

平成二二年三月三〇日　初版一刷発行

©編　者　石川　透
発行者　吉田栄治
印刷所　エーヴィスシステムズ

発行所　㈱三弥井書店
東京都港区三田三―二―三九
振　替〇〇一九〇―八―二一一二五
電　話〇三―三四五二―八〇六九
FAX〇三―三四五六―〇三四六

ISBN978-4-8382-7072-9　C3019